街貓
攝影／文字　葉漢華

序

開始拍貓是出於巧合，現在成為生活一部份。

坐不定，當攝影記者也許是一個好選擇，它不只不讓你坐，更要你跑。入行時，被編到靜態港聞組。靜態港聞，簡單來說就是一些事前已安排好的採訪工作，比如是立法會會議、開幕禮、新聞發佈會和人物專訪等。每項工作之間，可能會有一點點空隙時間，行家多會聚在一起「飲茶」，我卻喜歡四處走。

我會走小路，看陌生的地方。香港雖小，還是有很多地方可以探索，而我涉足之地也隨工作慢慢擴展。

起初，我甚麼都拍，圍繞生活。因為上下班都乘地鐵，也就拍了很多車箱內外的小故事。繼續行繼續拍，不經意地碰上一隻又一隻街貓。那時候對貓了解不深，既然有機在手，就拍下牠們可愛的樣子。

見得多了，也知道得更多。當拍攝一個對象，就無可避免置身於對方的生活環境中。除了街貓本身的習性，污水、油煙以至街坊對貓的態度也統統能感受到。漸漸碰到愈多的餵貓人和清潔員，他們知道的事更多：一個給街貓生路，一個替他們執屍。貓群中的親屬關係和勢力分佈他們都很清楚，生老病死和人為傷害都心中有數。

沒錯，街貓也有快樂的時光，這是因為牠們

天性樂觀，但牠們要面對的挑戰和不公平，沒多少局外人知道。於是，我的拍攝手法改變了。我想，拍出現實的人不多，會公開的更少，單是看見已於心不忍了吧。攝影記者出身的我，接受現實的能力也許比很多人都強。

後來，我定期把街貓照片放到攝影新聞群組和討論區上，嘗試為街貓拉開新的接觸面。從討論區到部落格到現在的臉書，由一個月一輯十張到現在盡可能每天都發一張即日照，希望讀者可以有更切身的感受。

拍了十多年，每天挑出來的照片總數超過二萬張。面對海量照片，一直想找個方法組織一下，有系統地把話講清楚。可是，生活狀態一直不容許靜下來思索。幸得多位朋友的支持，一點一點把材料組織起來。

編輯說，無論看過多少次這些材料，都依然覺得感動。而我，就多了一份說不出的感覺。整理的過程，感慨良多，翻看每一張照片，察覺到社區改變了，有些貓朋友也離開了，一切原來可以變得如此快。

各位貓朋友，大家出場的時候到了！

葉漢華

目錄

在街上——。

安樂窩 41
樂天貓 45
變遷 51

在身旁——。

天台貓 71
拾級而上 75

在懷內——。

外帶晚餐 97
難忘事 102

在心裡——。
居留權 128
小灶君 132
飛貓 138
灰灰 142
雨 145
在手心——。
贖貓歷程 172
好心沒好報 176
棉花 181
廟貓族譜 191
後記 212
附錄 222
鳴謝 228

在街上——。

安樂窩

街貓對住屋要求其實很低。沙地，可以睡，上面有樹葉就很不錯；石屎板，也可以睡，上面有紙皮布碎更好。紙箱、發泡膠箱，有時已是很難得的安樂窩。

有一個村，貓咪以一所荒廢了的舊屋作為基地，在附近流連。這地方離市區很遠，要不是數年前因工作碰巧路過，就會錯失這個好地方。我大約每隔兩個月，就會去一次碰碰運氣，探探小朋友們。這地方真的不錯，讓我拍下不少喜歡的照片。

在嚴寒的一天出發，希望遇見貓。天氣固然

有影響，在北風呼呼下，貓咪都冷得躲起來。但經驗告訴我，臨近黃昏時，群貓總會聚集起來，準備用餐。那天，卻冷清得出奇。慣常有貓站崗的牆頭上，沒有貓；擺放食物的雞籠中，也沒有貓；圍著荒廢小屋走一圈，再反方向多走一圈，也沒有貓。

貓咪都到哪裡去了？

心裡為自己的提問找答案。貓咪不會一下子消失的，牠們可能都被抓，或者被毒死了……想到這裡有點心急了。思前想後，行左轉右，就只遇見一位老婆婆。可惜言語不通，沒法打探貓咪失蹤的原因。最後一絲陽光也已經隱沒在林中，只好失望地離開。

經過路口，慣常在廢車旁走過。那輛車，

滿身泥塵和鏽跡，打從第一次到訪就一直停泊在此。但這天，這輛車變得不一樣。從後窗望進去，竟然看見一隻母貓在睡覺。雖然玻璃的污垢不比車身少，但肯定是一隻母貓，是那一隻母貓，那隻少見的長毛母貓。再往內看，後座、前座，都是貓，一個個捲起身來，睡得正甜。

靠牆一面的車窗都破了，貓咪就是由那裡跳進來。那一刻，謎底解開了，終於可以舒一口氣。也很抱歉，我曾經把喜歡貓咪的村民當成了壞人。我猜，是村民把廢車打造成貓咪宿舍，讓牠們有個好地方過冬。這樣也好，被丟棄之物擁有了第二生命，發揮出另一種價值。

樂天貓

舊地重遊，遇上了新朋友。看眼睛，就知道這個初相識的小傢伙一定很精靈。小傢伙既好奇，又矜持。圍著腳團團轉嗅個不停，卻又不給人碰觸，人家挨近一點就罵個不停，很有性格。

夏天，真不太願意走進這個巷子。特別是晚上，怕踏上了「小強」也不知道，更怕被「小強」附體。小傢伙大概已習慣了，這裡就是牠的家。水管流出來的水是牠的食水；垃圾車上的繩子是牠的玩具；人家丟棄的垃圾就是軟床。

對於樂天的幸運貓，沒有地獄，只有天堂，所有東西都是美好的。

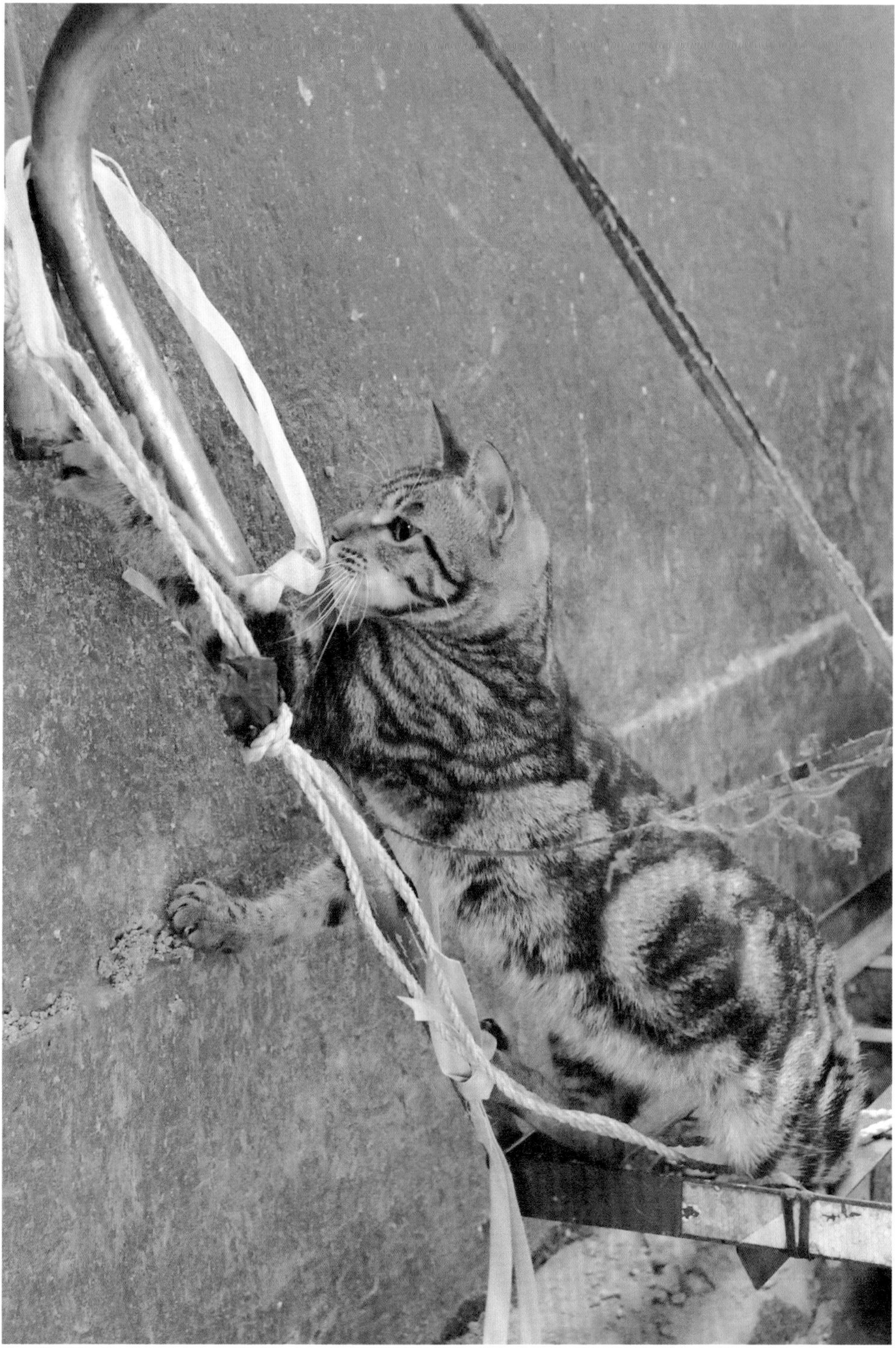

MIX
混載

MOET
manning
Measurement: 58X40X47 CM
G.W.: 10.6 KGS
N.W.: 9.8 KGS
pcs / inner box 5 boxes
QTY 50 boxes
Carton No.:
Batch Code
32 CM

變遷

西區有很多小公園，幾乎每個公園都有貓留駐。其中一個，位於海味舖附近，是近二十隻貓的小天地。

後來，西港島線動工，公園被夷平，改成工程人員的辦公室。貓由公園躲到窄巷，從前睡在滑梯和木椅上，現在睡到貨物上。碰巧，旁邊舊房要改成酒店。圍板拆樓打樁……好一陣子，貓才叫安定過來。

五年的時光短暫而奢侈，隨著鐵路工程進入尾聲，辦公室已撤走。地板統統被打碎，場地進入重置階段，將來會成為鐵路站出口、通風設施及休憩用地等。一切又再改變了。

完成重置後，公園貓咪能否重奪土地仍是未知之數。而整個西區的變天，卻只是時間問題。隨著租金上升，傳統小店漸漸沒落是避不了。舖走了，貓留下，是舊區重建的常見現象。大概又有好一批舖貓，即將加入社區貓大軍。

貓的命運，有時就跟著人的命運走。

拆

在身旁——。

SBC

BA
MITSUBISHI
ELECTRIC

天台貓

天台住人，也住貓。魚骨天線，一排排佔據整個鋅鐵屋頂，在空氣中捕捉無形電波。貓咪肚餓的時候可能會幻想，那些都是剛剛吃剩的魚骨。兩隻小貓睡得正甜，突然被驚醒。婦人氣沖沖地走上來，抬頭望向魚骨。

「鬆了麼？」我問。

「不。沒電視看，已兩天。那些衰人把我的天線拔掉了。」

「不是有公共免費電視的嗎？為甚麼每人都要裝自己的天線？還要把別人的拔走？」

「他們都是自私鬼，只顧自己。那些住劏房的都裝自己的天線。位置就只有這麼多，遲來的就把別人的拆掉，不管是誰的。」

「看電視可是很基本的娛樂啊！」

「就是。我不過想孩子有電視看。我不想跟人家鬥，我拆你，你拆他，他又拆我的。」

母貓冒出來，走到天線桿下伸了個懶腰，又潛到鋅鐵之間去。

有條件的，誰願意留在這污漬斑斑的舊區。貓也一樣，都避免不了要面對居住問題。後巷雖雜亂又污穢，但接近食物來源，相對又較少人出入，是戰略重地。佔不到好地方的，愈走愈上，來到天台。要不是有人提供食物，就得自己翻垃

圾去。一翻垃圾，就得罪人。

當大家沒電視看，生活節奏就亂了，更重要的是感到被侵犯。而貓，一旦被侵犯，可能性命不保。

拾級而上

十年前，灣仔一帶是尋貓勝地。隨著環境轉變、「捕捉、節育、放回」計劃和自然流失，貓的數量已減少了很多。這些年來，一直沒發現原來一街之隔的樓梯旁，住了一位親人的貓小姐。自此，即使揹著沉重的器材，每次經過仍來回上落樓梯，為的就是看牠一眼。

雖然，十居其九，這位大小姐都在睡，最愛畫室外的木椅。這也很好，街貓能夠在外放心地睡，就是幸福。在這裡出入的居民都認識牠，給牠吃的，也為牠打掃。

有好幾個月沒有再走那段路……有一晚，我們再次遇上，但只能在精神上。牠離開了。是看見畫室外的訃告才知道的。

再見了貓小姐。我們相處的時間加起來，可能不足廿四小時，但仍要多謝妳給予了很多個愉快的十分鐘。走過那裡，我總會想起妳。

在懷內——。

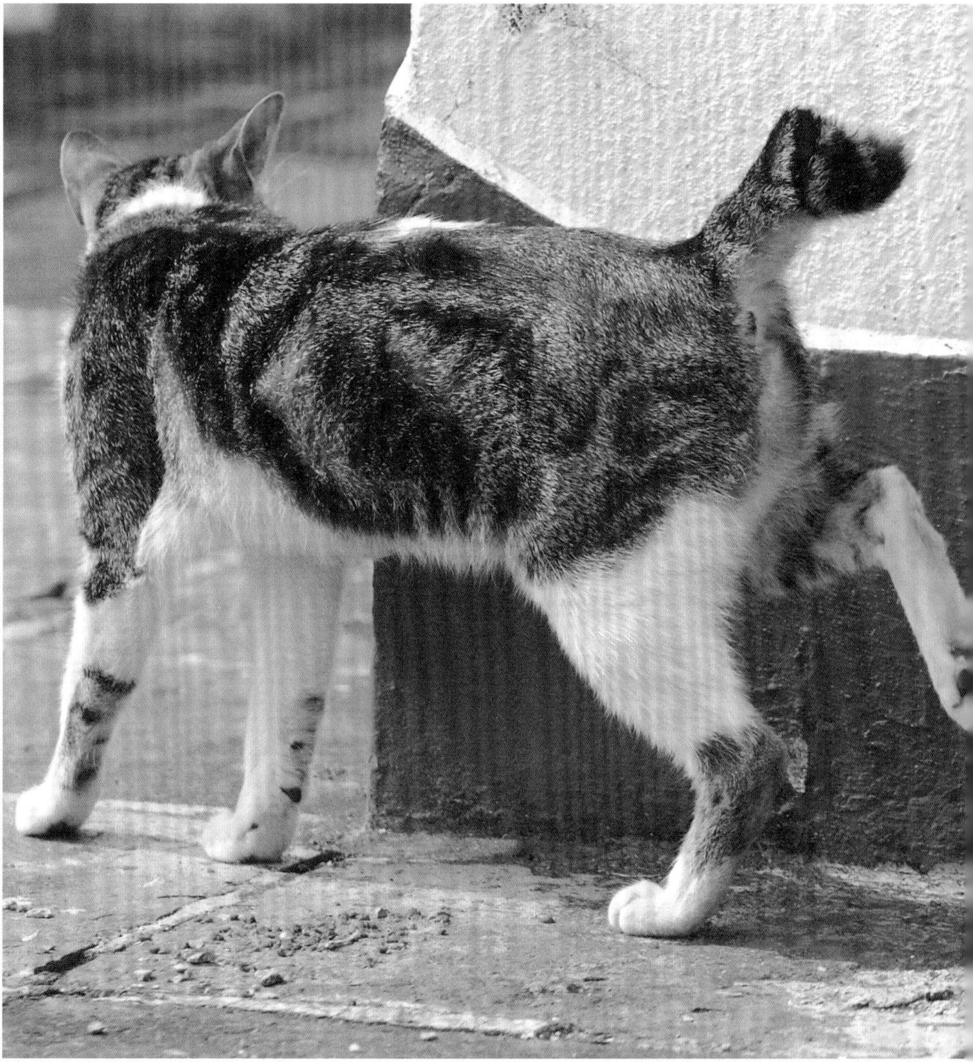

外帶晚餐

很久沒見這地方再有小貓出現，或者說是我很久沒有來這裡。小鬼「離奇」的出現，引起了我的注意。

對不起，實情應該是「離奇」出現的我，引起了小鬼的注意。就在四目交投時，餵貓姐姐到了。原來小鬼站到牆頭上，是在等朋友。

餵貓姐姐不敢張揚，把食物放在牆下暗處就急急離開，大概是要趕在下雨前完成其他地點的食物派發工作。這時，一隻黃白的貓，隨即從暗處飛奔過來，從牆頂一躍而下，二話不說連著食物帶膠盤叼起，興高采烈地帶回老巢。

牠可高興得太早。在牠叼起膠盤時，食物都掉下，只剩口邊的那一塊。小鬼們一擁而上，失望了，當茶點也不夠呢。其中一隻較強壯的，搶先就把唯一的肉吃掉了。

黃白色貓媽媽大概知道自己太心急了，只好領著兩個小鬼出征。自己開餐，也順道給小鬼們上一堂覓食課。牠們仨，由牆的一邊走到另一邊，眼看食物就在牆腳邊。

大概有一米左右吧，小鬼在猶豫。貓媽媽向下望，用手壓在牆上，示範如何跳下去。先前搶到肉的那個小鬼，膽子較大，第一個出發，貓媽媽及膽小的隨後。

就在牠們捧著飽飽的肚子回家時，雨就落下了。

難忘事

有一天，大雨剛過，走進了舊村。慣常地由村的一頭繞到另一頭，探望沿途的街貓朋友。走到村盡頭的小山坡時，聽到黃貓在叫。叫聲是長長的，溫柔之餘帶點焦急。由小路走入草叢，再由草叢攀上石級，邊行邊叫。

正當我奇怪黃貓為何長叫不停的時候，發現答案就在面前。我想，隨後幾秒間，心臟幾乎停止跳動。嘗試否定眼前的東西，然而，再次更仔細地看，卻看得更真實。

在排水道旁，盡是樹葉、斷枝和泥土，頻密的雨點已把所有東西打到地上。當中，有兩個小

東西，形狀明顯不同。花了一段時間，我確定，牠們就是黃貓找尋之物，是兩個小貓胎。由身形及皮毛得知，兩隻小貓出生應該不過一星期，壽命也是。

黃貓從石級頂走過來，在靠近之前從斜坡繞到我身後，期間不停呼喚。貓媽沒有得到孩兒的回應，甚至也嗅不到半點氣味。我想，應該是貓媽把剛出生的孩兒藏在引水道中，想避免受騷擾。然而，雨來得很兇很急，貓媽來不及把孩兒帶走，悲劇就發生了。

微雨徐徐落下，貓媽獨個兒走回小路，繼續呼喚牠的寶貝。

通

在心裡——。

警告
如看到這張告示
你已被攝入
24 小時錄影作為舉證
請勿餵養貓隻
請勿傾倒 - 拋棄
垃圾及坭頭
已報 - 食環處處理

居留權

某天，心血來潮回到舊居探望貓大哥們。

在慣常有貓流連的轉角位置，一中年男子鬼鬼祟祟躲在柱後，十分可疑。未幾，男子急步走進後巷，隨之而來的是一陣對罵。

原來，中年男子一直埋伏柱後，等候義工打開為後山街貓準備的食物時現身，指責對方影響環境衛生。義工反擊，稱要貓挨餓太殘忍，該處大部份貓已經在CCCP計劃下絕育，試圖說服對方准許餵貓。雙方你一言我一語，中年男子無論在身形及聲浪都佔上風，義工無力還口。

就在中年男子得意致極之時，大聲說到：

「我說的就是法團說的，我說不能餵就是不能餵！」隨即轉身跨進花槽，拿起義工剛放下的貓糧，一手丟到垃圾堆中。

明白了，他是附近大廈業主立案法團的人。

義工滿臉無奈……年紀稍大的義工沒法跟對方糾纏，只好報警。對方也召喚同伴壯聲勢。此時，我以一個途人的身份介入，試圖在中間調和，告訴對方定時定位餵食加上自發打掃，既讓貓好過，也不會影響居民。

然而，中年男子與另一位法團成員半步不讓，甚至威脅不管有沒有節育、流浪貓數目是否得到控制，都會直接向漁護署投訴要求捉貓。情急間，有人抛出一句：「房子我是真金白銀買來的，我有權保障自己利益！」頓時，無言了……

難道要叫貓用幾顆貓餅與你換個居留權？

結果當然是談不攏。雙方敵對情緒高漲，沒有協商的空間。及後聽說，雙方繼續拉鋸。貓仍然在，但貓和飲水盤都被清理掉了。

愛護動物協會「貓隻領域護理計劃」以「捕捉／絕育／放回」的方法控制流浪貓數量。

市建霸
破壞和

小灶君

炎夏午後，田野充滿生氣，陽光把農作物打成黃金海，甚至染到貓身上。所以，這一帶的貓都是黃色的，無一例外。小木屋是集中地，很多貓兒都在裡面度過幼兒期，長成後才出外見識外面的世界。

屋主是位老伯，數年前獲配公屋後遷出。由於對山貓感情深厚，每天也從黃大仙回到荃灣木屋舊居，泡個茶做個飯，一起消磨半天。老一輩的，大概相信天生天養，對待動物的方式也許不及現代人講究。老伯吃甚麼，貓就吃甚麼，偶爾帶來一些貓罐頭。

潮濕和淩亂的環境，是病菌最愛。這裡過半山貓都受不同程度感染，眼睛總是通紅流淚，冷天尤甚。寒風中，灶頭就是天賜的寶地。煮茶做飯後，灶頭留有寶貴餘溫。怕冷的，不惜一切鑽進去，哪管弄得滿身是灰，小灶君就是其一。

聖誕前後，氣溫急降，大約三個月大的小灶君，自知身體虛弱，擠進了保命的灶頭。本就周身病，再加上環境惡劣，眼睛腫得張不開。看到如此情境實在難受。幸好，透過照片傳播，小灶君因而得救，而最終收養小灶君的，並非大富人家，也早已收留了幾隻街貓，小灶君似乎又加重了人家的負擔，無論在金錢、時間還是精神上。

小灶君得救以後，灶頭就落入大灶君手上。入春前，大灶君從不輕易離開灶頭半步。而小灶君的同胎，也各自走在自己的命途上。兩隻病病的兄弟，早在入冬前被義工捉走照顧。黃背白肚的，很快就撐不住，靜靜地倒在日常出沒的木棚中。帶斑點的，被大灶君收編麾下，雖同受感染，但尚算精靈。

這裡唯一親近人的貓，就是睡魔。得名全因那副總是睡眼惺忪的樣子，和百分百打呵欠的記錄——每次遇上，都肯定可以看見牠張大嘴打呵欠。上得山多，被睡魔纏個正著，每次離開都來個十八相送，纏在腳邊不讓你走。有一次，牠窮追不捨，走過山徑和五十八級石級，一直走到老遠的石橋才停下來，目送我離開。據說這是屋主伯伯才有的尊貴對待。

不知道每一次睡魔是懷著怎樣的心情獨個

兒回家。感到又一次被丟棄？還是期望新一天來臨，等待重聚？

三月下旬，睡魔為老伯伯送行後就沒有再回來。下得山多，終遇狗。據說，老伯伯哭得要死。

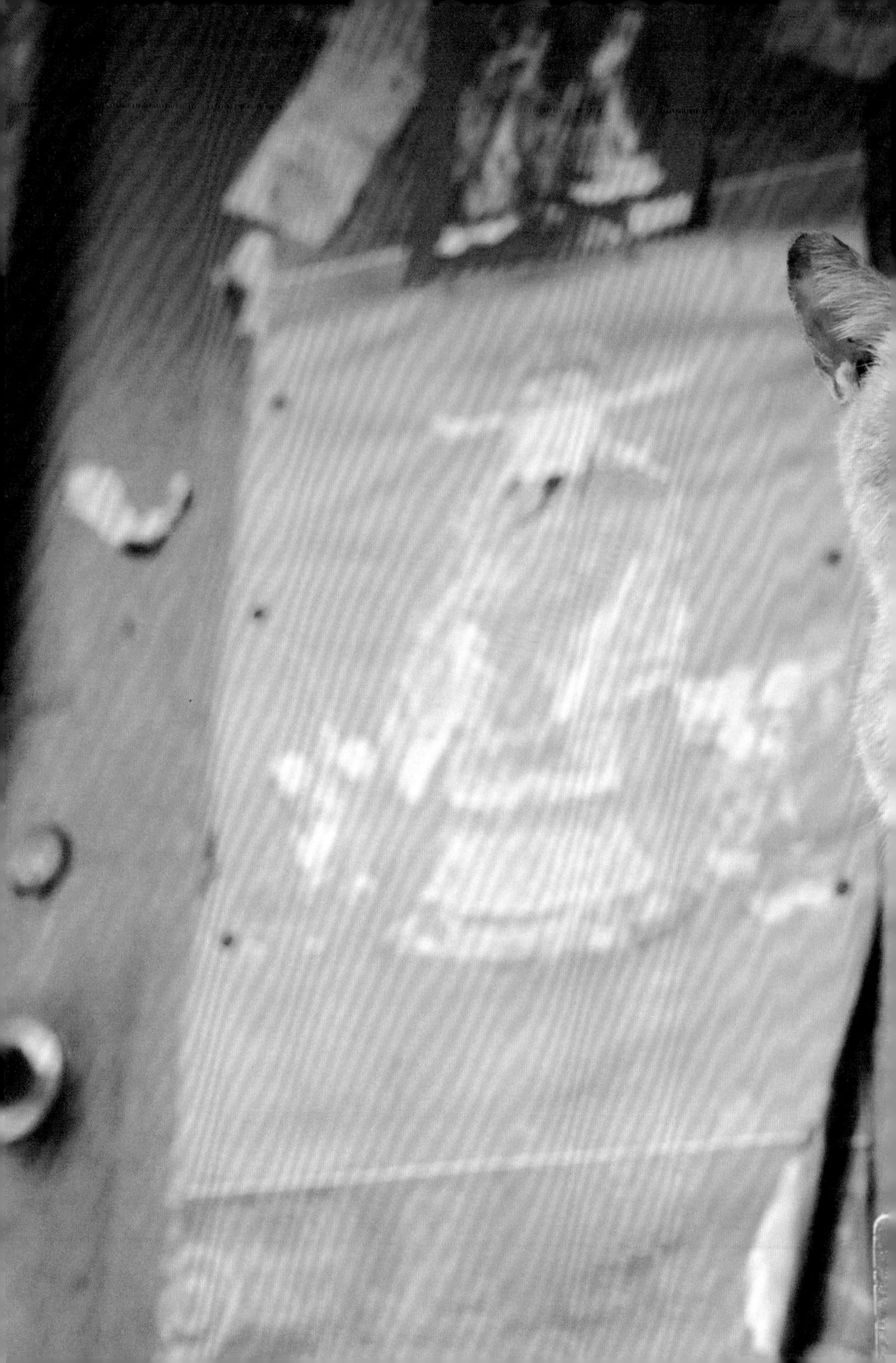

飛貓

本是專為拍「飛貓」而來。在網絡上看見別人的作品，貓咪靈巧精準地在小溪上一躍而過，正好展現牠們的生命力和個性，十分精彩。

大概是第三次到訪引水道，但仍然沒法拍得半張滿意的飛貓照。沒關係，碰見是緣份，拍得好是獎勵，沒有貓要過河，也可以探望附近貓街

坊，總不會白行。

沿著溪邊慢行，跟貓街坊打了個招呼，繼續向目的地進發。目光很自然地朝溪的上游望過去，一股不祥之感湧現。任何有毛髮的東西伏在河道上，都顯得有點突兀。這不是第一趟，那段悲哀的往事再次泛起。我告訴自己，不過是一隻毛髮乾旱的貓咪在曬太陽。

繞過灌木群，答案就快揭曉了。多聰明，我猜對了。是一頭黃貓，毛髮凌亂啞黑，很可能早在那場夜雨之前已經停留此地。沒有外傷，沒有嘔吐物，也不必猜是不是又多了一個虐貓個案。我不肯定跟這小鬼碰過面沒有，卻肯定這次是最後一面。牠可能曾經無數次飛越那條溪，而且一次比一次跳得遠。

想了一會，找來了一根木，把黃貓送到水中。黃貓載浮載沉，慢慢地，隨水流遠去。我站在原地，若有所失，於是急步追上了小鬼。

走了好一段路，流水隨河道收窄變得急速。我跑到橋上，看見小鬼越過一個又一個分流，走到暗溝之內。我拐了個彎，走到河道的另一邊，目送小鬼從暗溝飄出來，向著太陽的方向遠去。黃昏依舊迷人，街貓要面對的，是日復一日的挑戰。

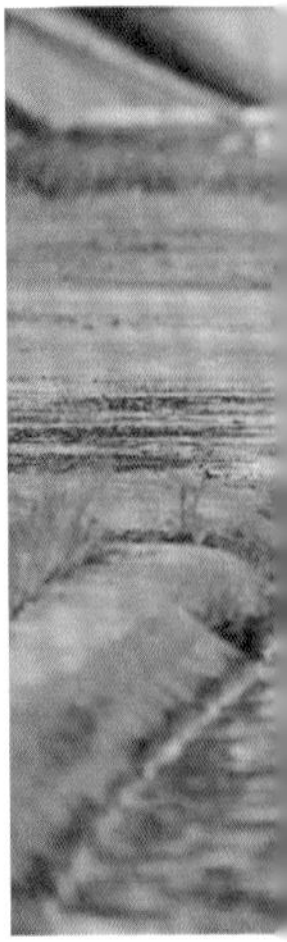

灰灰

馬路上早已不再有馬，取而代之，是市虎。被兇悍的「老虎」追趕，是一件挺恐怖的事。

牠叫灰灰，公貓，七、八年前主人搬屋後被遺下。

貨車從遠處駛來，伏在路邊的灰灰聽得見看得見，牠決定避開這猛獸，走到另一邊去。再次面對這種場面，心裡一陣不安，彷彿一切又會重演。果然，就在半途上，牠猶豫了。電光火石間，四對眼睛都瞪得大大的……這次結果又是如何？

司機狠狠地急煞，車停了下來……試圖從車底穿過的灰灰卻剛剛好被卡在另一邊的後輪。

我跟街坊急步上前。司機把車稍微向後倒，本來動彈不得的灰灰痛得要命，不停地抽搐，張開口卻沒法喊出半句聲。還有救吧！想到不遠處就有獸醫診所，就飛奔過去請人幫忙。

才幾分鐘，回來的時候所有東西都靜了下來，只剩灰灰的一對眼睛，好像還有話說。灰灰大概在回憶當時的畫面，回想一下走快一點會怎樣，停在車底又會怎樣，試圖把千分一秒的事情回放數百次。然而，這都不過是空想罷了。

街坊焦急地向餵貓人通報死訊。冷靜下來後，她說「唉，生命真係好脆弱。」這話老套到極點，卻是事實。

回到家，摸摸兩個在車場出生的小鬼。喂，你們大概都忘記了甚麼是市虎吧！

雨

天陰有雨，獨個兒呆在家，凝望玻璃窗上的小水點，聆聽著雨水打在欄杆上的滴嗒聲。街上的貓朋友應該已經找到安全位置。涼風中送上細雨，既要避風也要避雨。又有一些，走到汽車底下，任由四肢被沾濕也得忍耐下去。要是遇上徹夜的雨，時間就會變得十分漫長。

然而，最叫人擔心的，還是雨夜屠夫。雨點是最好的掩護，讓行兇者走近展開攻擊而不被察覺。好幾位街貓朋友，也是在雨夜中死在狗口下。

有一晚，氣溫更低，準確一點，應用寒冷來形容。蜷縮在被窩中熟睡的我，被一陣狗吠聲驚

醒。大概持續了數分鐘吧，結束於一聲尖銳的慘叫，心知不妙。連忙起來穿上大衣飛奔下樓。未到街角，眼淚已經在流，凝結在冷冷的空氣之中。果然，是血案，三個黑影從後巷飛奔過來……是以多欺少的殘殺。

旁邊，一向見人如見鬼的小小姐在盯著我，彼此保持少有的接近。不知道是驚魂未定，還是覺得我沒有想像中般危險。在完成清理前，小小姐沒有離開過。

我想，牠在默默地送別好友。

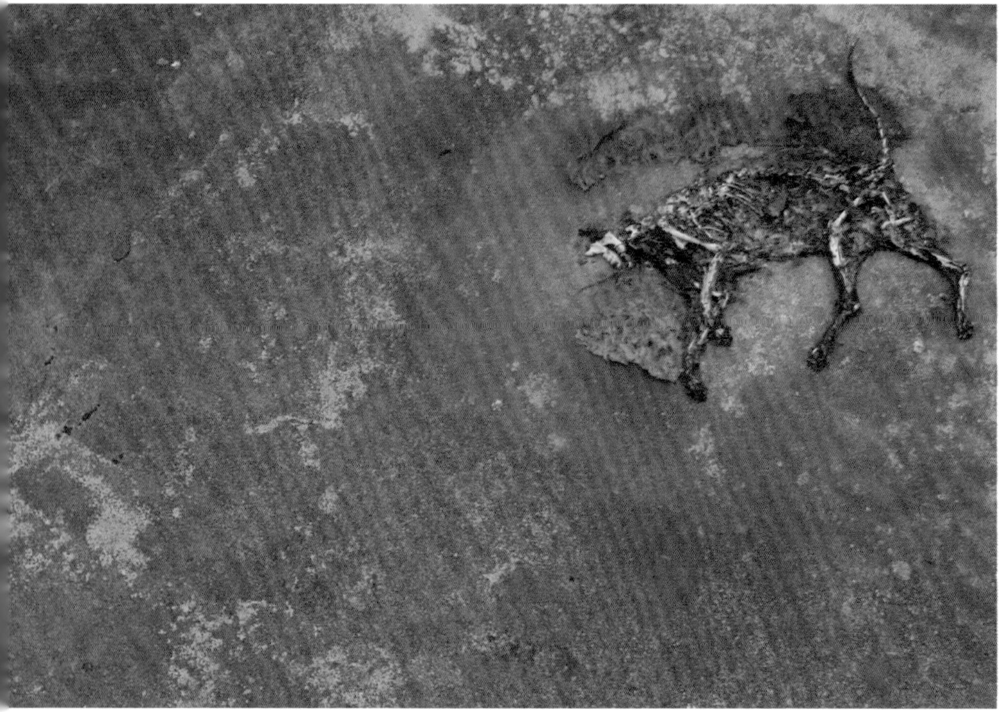

在手心——。

贖貓歷程

或者大家還記得「麗麗事件」，一隻居於荃灣山頭的年幼黃貓受了傷，失去了右後腿，傷口潰爛，奄奄一息。在此不打算推測「麗麗事件」的事發經過，純粹說說隨後發生的事。

麗麗事件的核心，其實是一對鄰居之間的恩怨，間接以貓為磨心的衝突。事件暴露了該村落貓口過多的問題，在大眾齊聲譴責之時，一眾義工隨即開始進行絕育回放工作。被指虐貓一方，大概眼紅社會輿論都站在鄰居和受害貓身上，開始向漁護署投訴，表示受到放養貓滋擾。漁護署向那家人借出捕貓器，在一個月內捕到了近十隻貓，義工因此也過了一段折騰的日子。

每次捕到貓，漁護署就會派員上山帶走，放養貓的婆婆則通知義工。義工要做的，是致電漁護署動物管制中心（這次是新界南），確定貓的身份。如是已在貓隻領域護理計劃（CCCP）下絕了育的貓，會由愛護動物協會接走，其後再由義工送回原居地。如非，被捕貓在動物管制中心，原則上最少可以暫住四天（沒有傷病的話），平均大約只有七至八天。為保險，義工要在四天內提出「贖回」該貓的申請，並預約時間。

要贖，也不是交「贖金」就可以，要先到警署「報失」，指出在何時何地「遺失」了甚麼樣子的貓。前線警員有時也會對此等情況是否屬於「遺失財物」而辯論一番，但無論如何，義工需要的只是一張「報案紙」，一張用時間和唇舌換來的批文。

拿到報案紙，帶上便攜籠，就可以出發前往動物管制中心。在櫃檯登記，交出每隻貓十一港元的「贖金」、批文及便攜籠，職員就會從房舍內把貓帶出來。跟「肉參」見面，基本上無穿無爛，便可以離開了。

贖了出來又如何？難得不用自己花時間去捉，就順便帶到愛護動物協會做絕育。由於CCCP的名額有限，所以早在贖貓之前得先計劃一下，預先聯絡其他相熟義工協商「借位」，看看大家在未來數天有沒有用不著的名額。若遇上假日，還得找個地方讓貓先待一、兩天。就是這樣，一個月內來回於警局、動物管制中心、愛護動物協會及原居地之間，有時是三隻，有時是兩隻，也試過只為贖一隻。

好心沒好報

有時，我們會好心做壞事。

某義工向來謹慎，一般只會帶認識的街貓絕育，特別是母貓，手術後亦會留意報告有沒有提及一些特別事情。

有一次，街坊托她帶一隻母貓絕育。關於這貓，義工大概有印象，卻稱不上熟悉。在街坊再三請求下，只好幫忙。手術順利，報告上亦沒提及任何異常。由於手術傷口不小，義工決定先讓母貓在家休養一段時間才放回原居地。

數天後，義工再遇見那位街坊，才得知一個天大惡耗。原來那隻母貓，絕育前剛剛生了一窩小貓。街坊沒想過義工會把貓留上幾天，所以沒有向義工提及此事。

義工似乎不太能確認眼前的事實，滿腦子疑惑。如果接受絕育的母貓剛生下小貓，醫生通常會紀錄在手術報告上。義工希望是街坊弄錯了，卻深知街坊是最了解那母貓情況的人。義工趕快把母貓帶回來。一打開貓籠，只見母貓一溜煙地跑上樓梯，銜著回小貓的窩。可以做的，都做了，且看母貓能否救回瀕臨餓死的孩子們。

日子一日一日的過，大家漸漸失望。母貓曾經出現過，卻沒帶上小孩。也沒有人看見過小貓，於是大家都認定，小貓們挨不過三天，就這樣白白地餓死了。

某一晚，正在自責的義工獲得了一絲希望。

她不相信自己的耳朵，不相信自己聽到小貓的叫聲，叫聲正正就來自後樓梯。後樓梯既黑又雜亂，義工一時間也沒法找到小貓的正確位置。在另一位義工幫助下，終於在梯級和木板之間找到顫抖中的小貓，成功把牠帶走。第二天，義工隱約又聽到小貓的呼叫，然而，這次卻遍尋不獲。

整窩貓很可能就只剩下那唯一的生還者。這命大的，而且極為堅強的小貓寄居在另一義工家中，等待新主人的出現。至於那母貓，自此就沒有再出現過。大概是受不了打擊，離開了這個傷心地。

一個誤會，代價是幾隻小貓的性命。就當是自我安慰也好，找到了一隻已經很幸運。在外出生的小貓，本來就沒多少可以長大。

棉花（一）

由於數量多，村內的絕育回放一直沒做得徹底。三色貓「千年女皇」是最狡猾的一個，早就猜到我們用意，再香的魚也敵不過牠的意志，餓上兩天也不為所動，所以一直逍遙法外。終於，女皇又生了一窩，當中只有一位承傳了牠的毛色，名叫「小公主」。大半年後，小公主也當上年輕媽媽，生了幾顆毛球，藏在廢屋暗處。兩個多月後，小公主開始帶著毛球出外，躺在門前小空地曬太陽。其中一顆，特別小。晚上細心翻看照片，就覺得奇怪。除了身形特別小，後腿的形態也怪怪的，而且尾巴下長了一個大大的瘡。

想了一晚，搞不清是怎麼一回事。第二天

再去查看，又遇上了。這次疑問終於解開，小毛球用一雙手爬行，後腿無法動彈！立即向資深義工詢問意見，但一切都得先捉到小毛球，而且要快！

於是，跟著餵貓太太放籠，配以貓餅及濕糧誘捕。然而，毛球們好歹也有千年女皇的真傳，沒那麼容易上當。那大大的瘡表示傷口發炎得很厲害，事到如今，大概只有硬來。要緝拿這顆毛球應該不會太困難，只要把牠趕進屋內。後腿不能動即是沒法跳，只有一雙手，到時就只有束手就擒。

然而，我實在是太小看牠了。雖然只有一雙手，但這毛球的拖行速度快得離奇，竟然可以靈活拐彎，甚至鑽進水管去！廢屋前身是賣魚糧的，裡面有幾個魚缸，底下有水管相連。最致命的，是水管最終連到屋外水渠。沒錯，很順利就把所有毛球趕到屋內，但沒想過牠們竟另有出路！

心急如焚的餵貓太太連夜再次放籠，意外地捉到小公主。於是我們把小公主移到便攜籠中，放在捕貓器的一端，希望媽媽的呼喚可以把小毛球引到籠中。有點殘忍吧。

我們遠遠地觀察，在微弱的光線下，隱約看見幾個毛球偷偷地冒出來，可是，對貓籠一直充滿戒心，久久不肯入籠。小毛球的傷口嚴重發炎，眼看撐不了多少天，是時候博一博！戴起手套就衝進去，完全沒想過，之前快如閃電的小毛球，被這忽然舉動嚇著，踏前一步就把牠捉住了。

那一刻的感覺一直沒法忘記。合上手掌，幾乎可以把小毛球整個包裹起來。輕得感覺不到半點重量，但又深深知道雙手握著一條危在旦夕的生命！

（二）

素未謀面的義工得知小毛球的事，特意向相熟醫生請求，在第二天抽時間為小毛球診斷。義工對這種事很有經驗，她正好也在照顧一隻後腿有問題的貓，由幾乎完全癱瘓到站起來，再到康復步行。

小毛球的麻煩可真不少。首先，是下體附近嚴重發炎，死皮膿水和真皮混作一團，惡臭難當。應該是因為下肢長期貼地，大小便在皮膚或者傷口上囤積。其次，是腿上有傷口，大概是在地上拖行造成的。再者，拉肚子，滿肚子的寄生蟲。更甚是，牠有皮膚病，受真菌感染，生癬。

而牠的腿，初步診斷是有知覺的，但沒法自主控制活動。當前最重要的，是治理好傷口及控制肚瀉，因為這都可在短時間內致命。生癬則急不了，慢慢用藥，注意清潔別讓自己及家中其他貓受感染就好。腿，最難處理，頂多可在傷口癒合後開始輕輕按摩，之後再看看能不能用針灸治療。那位義工的貓，鬆鬆，就是在針灸後才站起來的。

這個小毛球很堅強。醫生和護士忍著臭味，一點一點地把爛肉和死皮剪走，再清潔消毒。這當然痛。牠狠狠的咬了護士一口，以為大家會停止。但牠不知道自己完全「無牙力」。大概是因

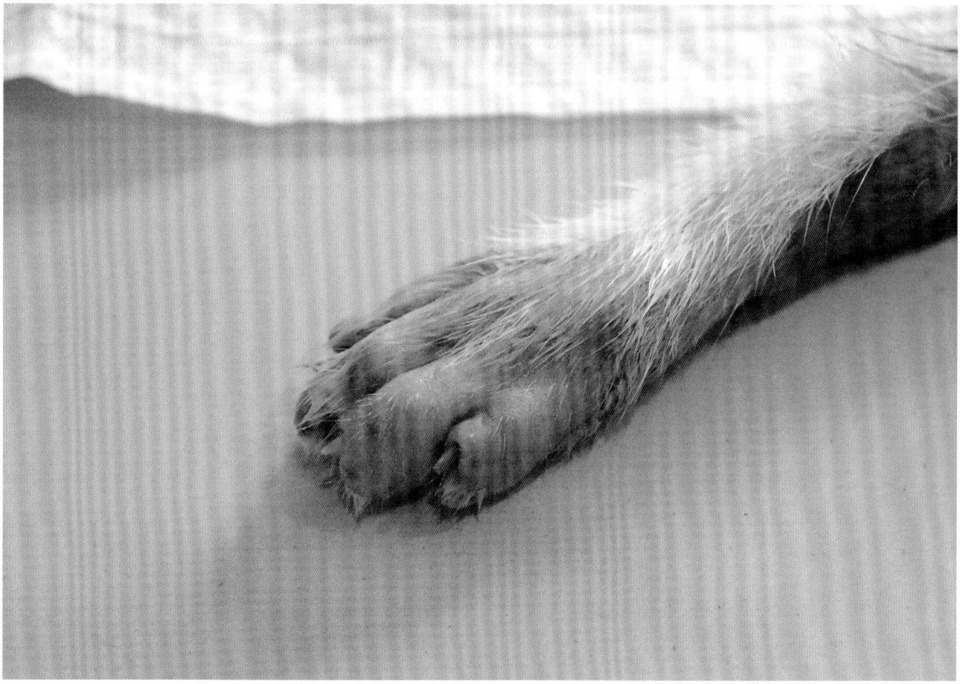

為行動不便，可以想像到牠可能是最後一個上前吃奶的，甚至不一定吃得到。所以，她個子最小，三個月的貓齡卻只有兩個月的身形，牙齒只有一丁點。

回到家，放了暖包，牠就呼呼入睡，大概累壞了。有些小毛球很乖，拿點吃的，給牠摸摸頭，不到兩天就「呼嚕呼嚕」地把頭靠向你，瞇起眼睛享受。每次清潔完傷口，摸一摸牠，讚一讚牠，很快就會忘記痛楚。吃得好睡得好，傷口的癒合也很理想。定期覆診，也順道參觀鬆鬆的針灸治療，似乎可以放下心頭大石。腿的事雖然不簡單，至少沒有生命危險。

(三)

初遇牠時，圓圓的頭，輕飄飄的感覺一直留

在心中。就像為牠清潔用的棉花球，於是幫牠改名「棉花」。

三星期後，棉花的傷口大致上癒合，但由於下肢無力，身軀總是壓在大小便上，頻頻換掉弄髒的尿片，也沒法時刻保持清潔。腸胃再度反覆，出現輕微肚瀉。滿以為進展良好，卻不知道已悄悄埋下伏線。

九日，下體附近皮膚變得灰灰的。十日下午，傷口滲血。十一日凌晨，我們坐上了開往旺角的車，看急症。棉花一直伏在籠內沒有動，但無力的小圓頭總是隨震盪作出擺動。我知道，棉花還在撐。我知道，之前都不易過，棉花都撐過了。

當值醫生檢查過，也問了之前的所有事，得出一個結論——讓牠走。棉花在受苦，挨得過這關，後腿也將令牠終身困擾，讓牠在這刻離開是最合適的，也是唯一可以為棉花做的事。

當初看著棉花奮力用雙手逃命、看著棉花忍痛讓大家清潔傷口、看著牠撒嬌，棉花總是用牠的方式和意志活著，從來沒有想過放棄。可是，那一刻，我看見棉花在受苦。翌日，我帶著便攜籠進去，準備為棉花轉院。

出來的時候，除了眼淚和自責，就沒有其他。

後來，每次看見類似情況的貓都在堅強地面對，心裡總是很難過。要不是我的鬆懈，今天勇敢生存的，就有棉花的份兒。

先是生壞命，後又改錯名……

或者，只是我把一切都看得太輕了。

廟貓族譜
（一）

有說，街貓平均只活到三歲。自己沒法驗證，但也相信雖不中亦不遠矣。很多舊朋友也算長壽，廟裡的「大佬」應該有近十歲，尖沙咀的大貓媽相識也有七、八年，初認識時她已經是成貓了，說不定也已經過了十歲，了不起的傢伙還有很多。

而只有數面之緣的小貓，更多。不只一次看見貓媽媽帶著初生寶貝出現。數天後，由四隻變成三隻。過一段時間再遇見，就只見貓媽一個獨坐。偶然，會意外地發現發育中的小貓原來就在貓媽身後某處，更多的是，再也沒見那些小貓的蹤影。算起來，拉個平均數，差不多了。從來也沒能為見過的貓編一份很完整的族譜或者生卒年表。身為過客，我無法了解貓與貓之間的關係和牠們的經歷。即使是一個重臨了數十次的地方，好些貓還未及認識清楚就已無緣再見。

二〇〇二年，我最早在廟裡認識的一群街貓，約有二十隻，過半不怕人，全都有名有姓，是為「黃金一代」。十多年過去，病的病，死的死，現存在廟裡的就只有老貓女阿B一個。祠廟對貓的態度，隨主事人而變。黃金時期，主事人較開明，會自己餵貓（雖然只是廚餘混飯），也容許大家在廟內指定位置餵貓。當上級偶然巡視前，會提醒大家低調處理，不要張揚。

有一次，廟貓阿妹病重，躲在渠下，似有靜待死亡之意。碰巧我路過，主事人立即告知，我

連忙把好幾個重重的渠蓋翻起，把阿妹帶出來。事後污泥滿地，主事人一句：「唔使理呢度，快啲帶佢睇醫生！」清理和復原的工夫，老先生擔起了。還有一次，大佬傷口發炎仍奮力抵抗不想看醫生，也是老先生出手相助壓牠入袋。老先生獨個在後門看著周圍發呆的貓，說了一句：「這裡是貓天堂！」老先生幾年前退休了，廟內對貓友善的，就只剩一個小職員。氣氛慢慢就改變。

有次，某職員調戲大舊不成，反被狠狠咬了一口。他隨即致電漁護署，把大舊送走。義工當然沒有讓大舊輕易送命，但此事已令雙方的尊重不再。最近，輪到阿B。這個小女孩老了，轉眼間已是十一歲的高齡街貓。職員說，阿B在廟內大小便。以往她都在廟外的花槽解決，大概是老了，行動慢了，又或者腎臟差了，尿也多了。他

們早已不再餵貓，要讓貓留在廟外頭。這次事件成為導火線，新的主事人下令每天關門前要把窗戶全都關上，把所有貓，包括年老的阿B趕出去，不讓牠在睡了十多年的屋內過夜。

阿B會漸漸適應，牠應該還會掛念大佬和黃金一代的各位兄弟。

（二）

大佬出生於一個有三十位成員的大家庭，憑著天賦，沒多久就成為區內霸主，位居萬貓之上，散發著霸氣卻不霸道。牠不會守著食物搶先享用，也不會把族人拒於千里之外，只是間中教訓一下不識抬舉的傢伙。

廟是牠的領土，入侵的，甚至路過的，都要

先過大佬一關。閒時，大佬就東巡西查，有時帶著一、兩個手下，挺起胸膛地走，看看地盤有沒有異樣。晚了，就獨自蹲在大門口石牆上，眺望遠處，打量所有接近的移動物體，直至支撐不住睡倒。

大佬自有牠的本領，才可以活那麼久，例如是對小孩子特別敏感。每個上課日，一大群下課的小學生都會嘻嘻哈哈地經過這裡。起初，只見大佬耳朵一動，頓時逃遁無蹤，大家還搞不清楚是怎麼一回事。一、兩分鐘後，小學生們經過，這才恍然大悟。小朋友們太熱情，每看見貓總是一個箭步衝過來，由頭到尾再由尾到頭地摸幾遍……大佬應該是在年少無知時受過幾次教訓，後來就學精了。

對付狗，大佬也有一些心得。作為一方霸主，要弄得落荒而退是很沒面子的事。但性命攸關，硬碰只有自尋死路，大佬就有一招很管用，就是轉身用後腿刮起沙塵，在對方未及反應時就逃之夭夭。

有時候，威名是用戰績來建立的。大佬受過很多傷，為數最多的，是被咬引起的傷口發炎。由於貓最尖銳的牙齒都呈月牙狀，而且口腔充滿細菌，一旦被咬，細菌和異物就留在皮層之間，若不處理就會引起炎症。如果咬得不深又或者幸運地沒太多細菌和異物殘留，自身的抵抗力應該可以應付。但大佬遇上的都是強者，難免會受傷。有一次，傷口腫得誇張，急得義工立即帶牠就醫。大佬平時對人十分溫柔，今次卻大力反抗。兩個人合力才可以把大佬壓住，牠卻不屈服，四腿蹬

直拱起背，僵持了十多分鐘，才能把袋口拉好，再強悍的貓也敵不過人。過程中壓到了傷口，粉紅色的血膿混合物弄得一袋也是，但任務總算完成，讓醫生清理了傷口。

（三）

二佬是廟貓族的第二「權力核心」，承繼王族血統和天生剛烈的性格，二佬漸漸建立起自己的地位。閒時，二佬愛跟大佬一起巡邏。開餐時，總是邊吃邊警戒，嚴防小混混從後山偷偷摸過來。晚上，就伏在側門旁的冷氣機或者窗戶上站崗（對，睡著站崗）。無時無刻，牠都謹記身為二佬「保家衛國」的責任。

二佬對人極為可親，又有禮貌，很得人喜愛。只要不抱牠，基本上是任摸的。摸得牠舒服了，就送你兩個磨蹭或者翻個地沙。對貓卻是另一副樣子。特別是「側頭」，兩者相見，必定腥風血雨，即使義工看見調停也沒用，在牠們眼中，不存在任何打鬥的障礙。

不論對長輩還是新丁，二佬一視同仁。偶爾還會跟大佬鬧不和，以細兩碼的身軀發起挑戰，結果當然是失敗居多。而大佬對二佬出手之重，也是眾貓之最，也許，愛之深責之切吧。

晚餐時碰見二佬，會發現當眾貓也吃得津津有味時，二佬就如一個花瓶般一動也不動地守在義工身旁，亮起一雙渾圓的眼睛。二佬不是禮讓，也不是胃口小，牠在等待最愛吃的雞肉。義工預備給二佬的雞肉比誰都多，在牠老年脫牙齒後，就變得更多。後來，二佬「上樓」了，自此對雞肉興趣大減。也許，牠不是真正享受雞肉的味道，而是沉醉於那份特別待遇，為突顯其尊貴的身份。

（四）

從琥珀出現的時間和當時身形推斷，牠跟「小朋友」很可能是兩兄弟。膽小如鼠的琥珀老是躲起來，一直沒法找到半點安全感。沒多久，失蹤了。後來才知道，原來是被一位善信帶了回家，所有人都放下心頭大石。

但是一年左右，琥珀又出現了。聽說，琥珀跟善信家中的貓合不來，為了保護原住貓，犧牲了琥珀。善信大概是以為廟貓們都不愁吃喝，又有瓦遮頭，有如活在貓天堂，便把琥珀又帶了回來。

但從那天起，琥珀的惡夢便開始。本來性格就是內向，再加上環境轉變，琥珀總是過度保護自己。只要有貓在方圓三米內掠過，琥珀就咬牙切齒，發出警告專用的低頻吼聲。廟貓們又豈能包容如此無禮的新丁？毫無意外，琥珀受到所有貓的排斥。

貓群族內有潛規則，從小就被帶走豢養的琥珀卻不懂。

食不飽，睡不安。貓際關係跟心情與日俱差，開始惡性循環。沒多久，琥珀就傷痕纍纍，腳板被咬，腫脹如蛋。連站也站不穩，見到義工就一拐一拐地走過來撒嬌。牠唯一相信的是人類，卻被人類拋棄。然而，琥珀還是很幸運，牠隨即被義工帶走，輾轉由暫托家庭收養。

其他對人類防備的新丁，就連「上樓」的機會也沒有，不是被排擠在廟外，就是被逼出走另覓棲身地，接受更多的挑戰。

（五）

大 Wet 粗豪、體格魁梧，天生就是個善戰的傢伙。大 Wet 大概是一隻四出闖蕩的浪子貓，偶然走到貓廟，被美色或美食吸引，決定留下。當然，留下比離開更困難，不能避免地要跟原居貓來個「猜皇帝」。大 Wet 見慣世面也非等閒之輩，直接對上了大佬。

大 Wet 年青力壯，大佬地膽老練，兩貓連夜撕殺，勝負不分。突然有一天，大 Wet 昂然步上廟的側門，跟大家一起共用晚餐，沒受任何阻撓。莫非是識英雄重英雄？為免二貓相爭漁人得利？

貓與貓的關係，有時也真難摸透。

早就説過，牠是個浪子，應該要瀟瀟灑灑的才像樣。所以，雖然大 Wet 不怕人，也不親人。一靠近，牠便走。但走幾步，就回頭充滿怨氣地叫兩聲。再靠近，牠又再走兩步，再停下叫兩聲，這個遊戲可以玩上一整條路。

大 Wet 最痛恨的，大概就是替牠絕育。想也想不到，平時膽識過人的貓也是最怕被捉進籠的，這應該是牠最失威的一次。

（六）

有一段時間，常常記掛著廟貓，有事沒事都要路經看一看。間中帶外賣到後山用餐，甫坐下，妹妹就會跳上來，不管有沒有提出申請，牠是最親人的廟貓。

有時候，會在飯盒中挑一點沒有太多人工調味的食物跟牠分享，當然貓是不能吃太多人工調味的食物，所以只能是一點點。吃過飯，我們就一同發呆，一同打盹，有時錯覺自己是隻貓。

告別時，總是依依不捨，無論是人對貓還是貓對人。聽說，妹妹曾經緊跟著人不走，繞了足足三個圈，最後還得出一點點詭計才得以脱身。親人的貓總是惹人疼惜，牠或許會得到多一點點的食物與關愛，但身為街貓，沒有了對人的危機意識，相對是提高了自己的受害機率。妹妹最後不知不覺地失蹤了。

（七）

在「黃金一代」廟貓的盛世過後，其實還有好幾代貓。他們大都不像黃金一代般大膽，而我也漸漸少了到廟探望的機會，彼此關係不算親密。勢力小了，但總算維持著一個小社區，過了好一段穩定的日子。

隨著廟祝人事變動和環境改變，廟貓不再被允許留在廟內，身處廟外的貓生活更加沒有保障，不斷有貓死在狗口之下。義工只好一隻一隻，把最後的廟貓帶走，輾轉送到領養者家中。

廟貓黃金一代

大佬

地區首領，武力與魅力俱備。二〇一一年死於狗口之下。

二佬

代理首領。二〇一二年以十歲高齡上樓，目前生活愉快。

大 Wet

貓之勇士。二〇〇九年死於狗口之下。

小朋友

跟琥珀同時被遺棄，可能是兄弟。二〇〇五年發現患癌，手術後於二〇一二年復發，安樂死。

琥珀

跟小朋友同時被遺棄，可能是兄弟。曾被帶走，九個月後再次被棄。二〇〇五年上樓。

波叔

被遺棄，親人善良。二〇〇九年上樓，期後成為褓姆貓。

烏鼻

二〇〇七年突然出現，是位和平大使。二〇〇九年死於狗口之下。

雪糕

被棄時約五個月大，不足一年後的二〇〇九年，隨烏鼻死於狗口之下。

苦命黃貓

二〇〇九年被遺棄。親人，營養不良，有皮膚病。數日後被強行驅離失蹤。

小米高

被棄時約四個月大。二〇〇七年上樓。

老貓

年紀最大的貓，深居簡出。二〇〇六年失蹤。

側頭

大家姐，專門生產美女。二〇〇六年死於傳染性腹膜炎病發。

妹妹

最親人的貓。二〇〇六年與阿嬌一同失蹤。

阿嬌

大眾敵人。二〇〇六年與妹妹一同失蹤。

兔仔

唯一朋友是媽咪仔。二〇〇五年白血病病發，安樂死。

媽咪仔

長期病患，二〇〇五年生下單胎後失蹤。

阿妹

第一美女。二〇〇五年腹膜炎病發，移居貓場，及後失聯。

惡爺

獨行俠，長期病患。二〇〇五年失蹤。

小 Wet

眾人細妹，深得人貓喜愛。二〇〇五年上樓，目前生活愉快。

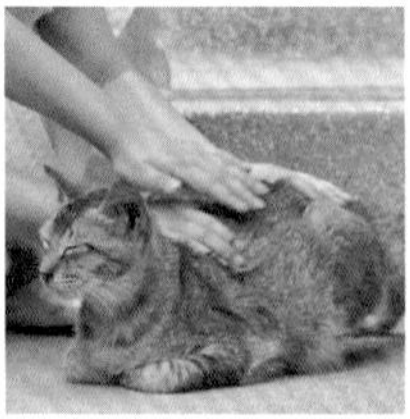

小 Wet 兄弟

跟小 Wet 同胎。二〇〇五年前後，被小童以燒烤叉襲擊致死。

阿金

被棄時約三個月大。二〇〇五年猝死。

六小福

二〇〇五年，約兩個月大的六兄弟姐妹同時被棄，期後數月，部份被街坊收養，部份由愛護動物協會接收並安排領養。

細細

被棄時約三個月大。二〇〇四年上樓。

阿B

二〇〇三年出生，本是輩份最小的本土貓，現為最年長的廟貓，也是黃金一代唯一在廟代表。

阿B

二〇一四年中，長期受漏水困擾的寺廟決定全面翻新，裡裡外外都搭起了棚架，張起了帆布，沙塵四起。阿B被禁止入廟，到了外頭也難找到安身之地。

二〇一四年七月七日，最後一次碰上阿B，牠在廟後的棚架上發呆。之後那個星期天氣酷熱，街坊說阿B連日在太陽下暴曬，沒處容身。後來阿B被帶到診所時身體已很虛弱，嚴重脫水，某些維生指數高得連機器也測不出讀數。

二〇一四年七月十六日，這書第一版剛面世，阿B亦離開了，黃金一代正式告別廟仔。

後記

小灶君

小灶君的遭遇是意料之外的。當日在社交網站刊登相片後，就立即收到近十位人士的私發訊息，表示希望收養、暫托和贊助醫藥費，這樣的事情鮮有發生。當時小灶君仍在山上，不肯定可以捕捉，而且牠的病況未明，日後在醫療及照顧上要花的心力、時間和金錢，也是無法估計。一一分析後，仍有人不被嚇退。

翌日，再上山找小灶君。不出所料，牠仍躲在灶中。經過一番你追我躲，最後順利收服。診斷過後，得到較具體的身體狀況報告，最後，選擇把小灶君交托給一位媽媽。那家人已養有四隻貓，都是收養和從地獄救出來的，對眼睛受損的

貓護理也有經驗。

一如想像，小灶君確實為他們帶來負擔。病未好，要餵藥又要吸蒸氣，每天也叫人擔心。感冒好了，就開始頑皮，每天早早就起來逗人玩，很累人。後來，證實右眼徹底沒救了，要摘取，更是叫人心痛流淚。

媽媽說，她很相信緣份，會盡量去珍惜。心痛，是不忍心看見小灶君年紀小小就要受那麼多苦。眼睛保不了，卻得到一個溫暖的家，是當初沒想到的。

P.213 的小灶君得救後一隻眼睛仍保不住。

禧與占

禧與占是街坊，兩家只隔一條樓梯。那一區我不陌生，卻從未留意到這條後巷。有次路過，看見五、六隻貓伏在路中心，後面有一位白髮婆婆。婆婆說，那裡有二十多隻貓，一直想替牠們絕育，卻不懂門路。於是，在一位資深義工幫助下，我們開始這小巷的絕育回放行動。

大約在第二或第三次行動時，發現了禧，還有牠妹妹，兩個都已經明顯病倒，一輪鬥智鬥力後緝拿到手。呼吸道感染、肚瀉和眼睛發炎全部都有，一團糟。出於一個充斥各式各樣垃圾的地方，一點也不出奇。只是兩天，妹妹就捱不住先走了，但禧的孤獨日子也不太長。

樓梯的另一邊，有五隻小貓，三隻黃，兩隻

啡黑虎紋。其中一隻虎紋貓，在玩耍時纏在破布碎上，被勒死了，是一宗「家居意外」。沒多久，又發現另一隻虎紋貓的屍體，大概是病死的。而三隻小黃貓，看來狀態不錯，慢慢放膽四出查探，可以嘗試誘捕了。最後，出動到燒雞肉，才成功抓到一隻，就是占。

禧有伴了，兩個小鬼年紀差不多，作為捕獵訓練的對手就最適合。即使禧的右眼有永久缺陷，也無法阻礙牠發揮熱情好動的性格，與占的謹慎相比，是兩個極端。之後，在網絡上替牠們尋家，也出席了兩次義工團體辦的領養日。

緣份是很有趣的。在第二次領養日中，與一位小姐談了很久，對方對小鬼們也有好感。過後，我們再聯絡上，才知道她是一位攝影記者行家阿

阿占就是 P.154 的三隻黃貓之一。

權的太太，在領養日上我們都不知道。我們相約探望兩個小鬼，交流飼養要注意的事項，教導安裝窗網和日常生活習慣等等。最後，他們答應帶小鬼們回家！

現在，兩個小鬼過得很開心，占也開始信任人，由以往見人就逃到主動爬到膊頭上，改變很大。只是，探望牠們時，兩個小鬼已把我忘得一乾二淨。臨走，阿權向我道謝，說兩隻貓為他們帶來很多樂趣。其實，要多謝他們才對。

再遇樂天貓

兩年多來，每次途徑那個巷子，都會走進去看一下，希望能再碰上樂天貓。雖然很早以前，已經習慣了再沒有牠的蹤影。

直至《街貓》第一版出版後，有天突然收到一個短訊，問我書中的樂天貓是否那條窄巷內拍攝的，時間是否二〇一二年的下半年。地點時間都吻合，肯定事有蹊蹺：

「是的，時間要再翻查一下。你認識牠？」

「我以前住在那附近，二〇一三年一月在那條小巷裡帶牠回家，牠現在已經是幸福家貓了。今天朋友在書上看到牠的照片，問我是不是Alley，我就去買了你的書，我先生也説一定是牠！」

P.45 的樂天貓在被攝最後一輯街貓相後，便跟著每天都來探望牠的 YuYu 回家。由街貓變身家貓，樂天貓依然威風凜凜，更添了溫柔愜意。

「太好了。拍照後不久就沒再見過牠，而我不常到那邊，不知道牠發生甚麼事了。」

「我那時經常到後巷去看貓，第一次見到牠就和牠一見鍾情，牠很親人，見到人不知道要逃，我很擔心牠會遇到壞人，於是每天都過去看看牠，牠每次都不肯讓我走。就這樣過了一個月，我和先生最後決定把牠帶回家。」

「對，牠完全不怕生。」

「你那時見過牠很多次了嗎？」

「其實我只見過它牠幾次，前後不過是一個多月的事。最後一次是二〇一三年一月十八日……」

「真巧，只差一天！我是一月十九日帶它回

家的！」

這位朋友傳了樂天貓的相片給我。是牠！真的是樂天貓，現在叫 Alley。

很多時候，對於沒能再遇上的貓都不敢想太多。或許牠出外闖盪去了，或許是老了病了離開了，還是出意外了？都說不準。有時也會自我安慰一下，大概是給好心人撿了回家。

這　次真的是幸運，或許是牠的樂天為它帶來了幸福。後來，這位朋友再領養了兩隻黑貓，Hope 與 Magic，三隻貓現在生活得很好。

YuYu 在收養樂天貓後再領養了兩隻黑貓 Hope 與 Magic，三貓相處融洽。YuYu 提醒大家在把街貓帶回家前應再三確定自己能照顧牠們一輩子，否則一適應了安全溫暖的家庭生活後，街貓便難再適應朝不保夕的流浪生活了。

附錄

二〇一二至二〇一三年度，漁農自然護理署及愛護動物協會共接收六千七百四十八隻流浪貓，當中4,063隻遭人道毀滅。其中漁農自然護理署共接收3,647隻貓，當中主人送交的有262隻，人道毀滅共2,004隻；愛護動物協會接收3,101隻貓，當中主人送交的貓隻有342隻，人道毀滅共2,059隻。相對比五年前，即二〇〇八至二〇〇九年度，兩機構共毀滅6,622隻流浪貓，當年兩機構共接收10,741隻貓，數量有明顯下跌。

二千年開始，愛護動物協會展開「貓隻領域護理計劃」（CCCP），為流浪貓進行「捕捉、絕育、放回」，接受計劃的貓隻耳朵會被剪去一小角以作標記（雌貓剪去左耳角，雄貓剪去右耳角）。計劃控制貓隻繁殖，以降低流浪貓數量，並由已登記義工定時餵養照顧，期望能減少流浪貓對社區居民的滋擾問題，減少投訴與虐待動物個案。計劃推展到目前為止，由二〇〇三年至二〇〇四年的1,739隻絕育回放貓隻，增至二〇一二至二〇一三年度的6,383隻回放貓隻。

除了有關機構積極推行「捕捉、絕育、放回」計劃，最關鍵及有效控制流浪動物的方法，是人類的責任心，不離不棄，支持領養。

全港不少關注流浪動物的機構，也提供領養：

大澳流浪貓之家

大嶼山動物保護協會 PALS

非牟利獸醫服務協會 NPV

南丫島動物保護組織 LAWC

保護遺棄動物協會 SAA

香港流浪貓護理之家

香港愛護動物協會 SPCA

香港動物基金 HK Paws Foundation

香港動物領養中心

香港群貓會

香港寵物領養

流浪貓屋

Stray Cats Home

動物朋友慈善機構

Animal Friends Charity Organisation

許願樹貓貓宿舍

尊重生命善待動物

尊善會

貓の地帶

Cat's Zone

HK Alley Cat Watch

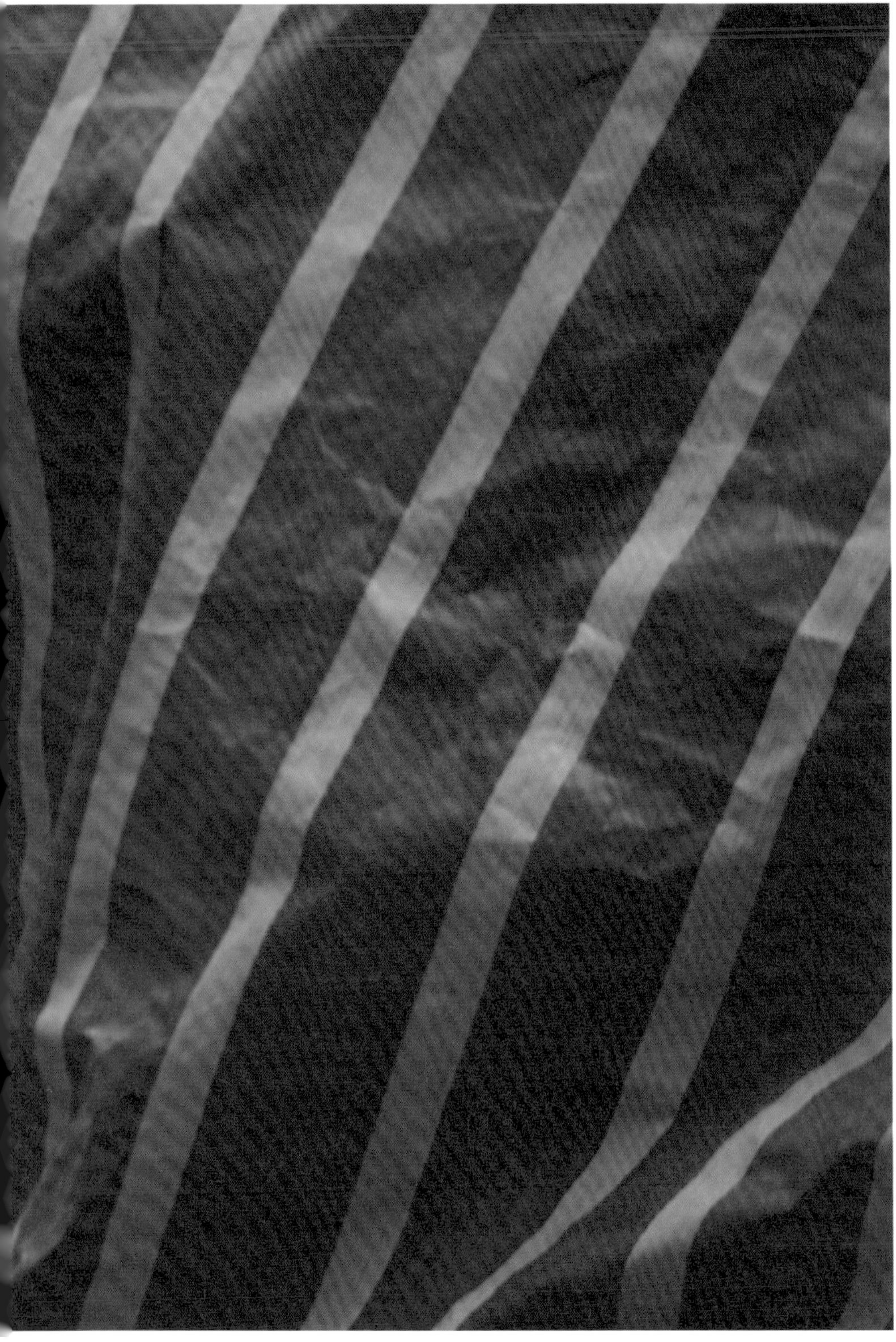

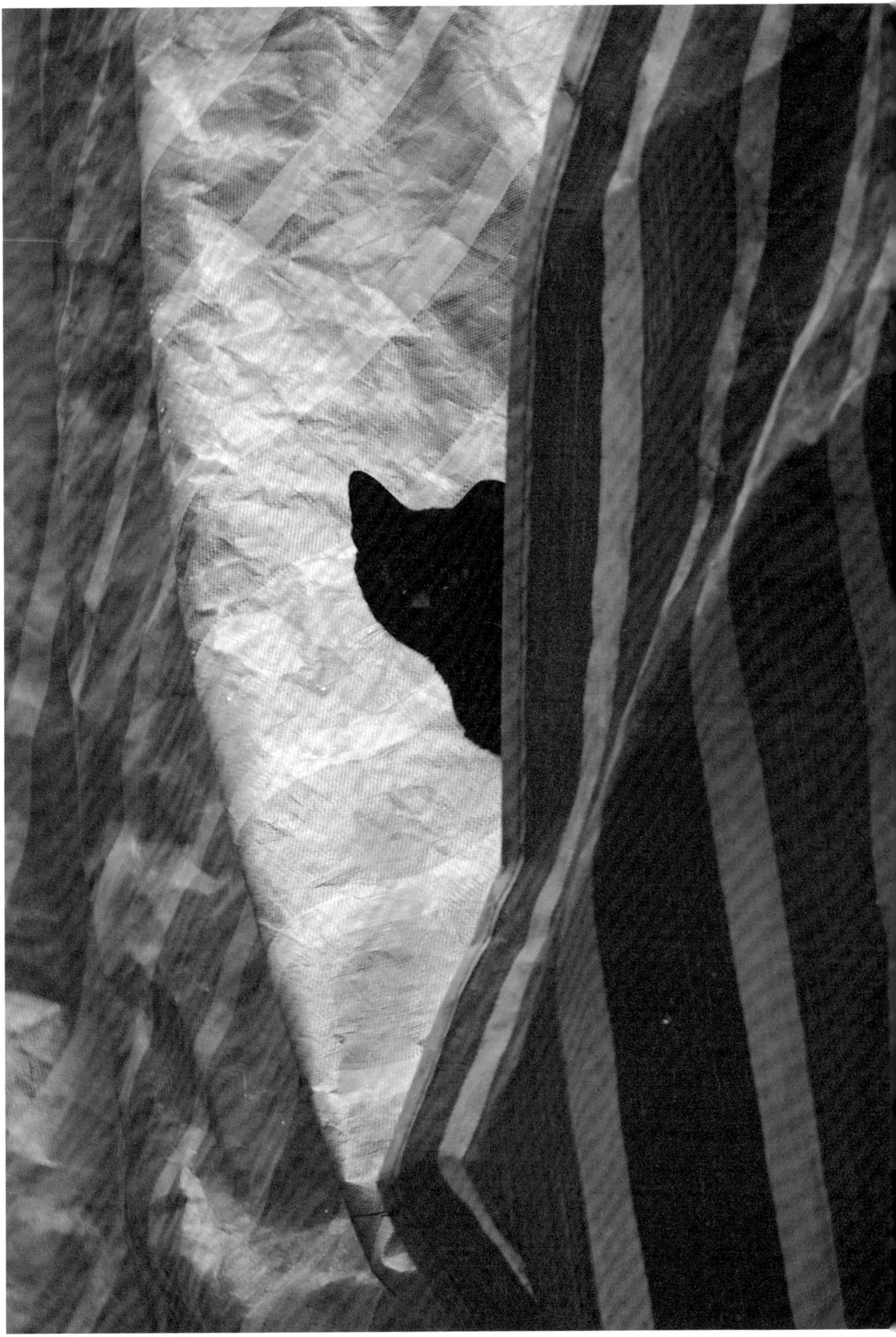

鳴謝

這幾年所說的話，大概比人生頭三十年的總和都要多。沒撒謊不誇大，從前應該有人懷疑過我是不是有自閉傾向。認識街貓，了解街貓後，我覺得不可以再沉默。因為我看見了太多的不公義。

在此，謹向各位曾經協助完成這想法的朋友致謝，排名不分先後。

Chely、Anre、Kacey、Jessica、Romance、苑、婉雯、阿南、二犬、阿蕭、阿離、陳曉蕾、師姐、成報同事、明報同事和家人，謝謝你們。

阿 meow、小朋友、廟貓們及曾經碰上過的貓，你們給予的每個時刻，我都收下了。

感激遇見。

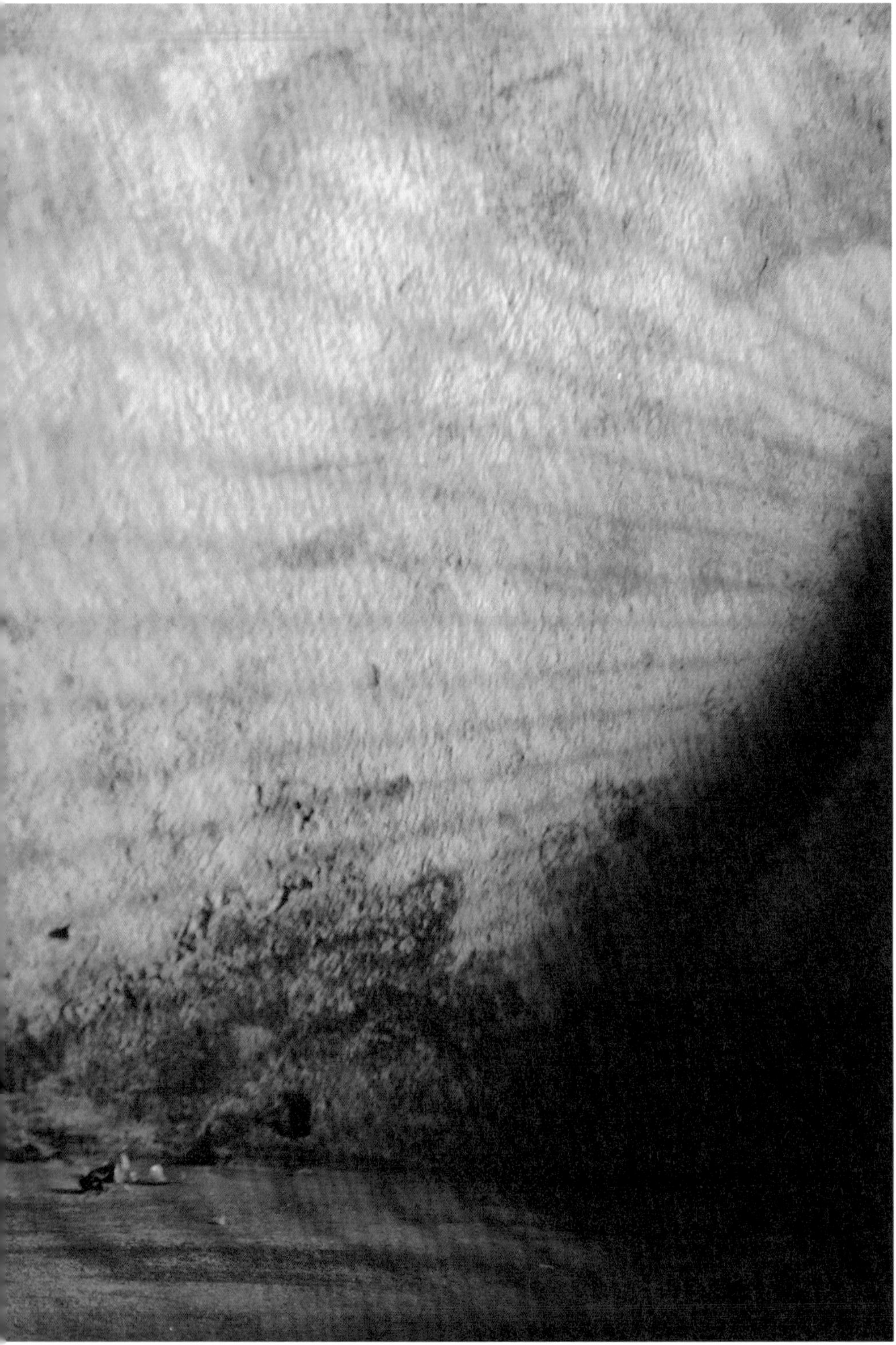

街貓

攝影／文字　葉漢華

責任編輯　莊櫻妮
書籍設計　Kacey Wong

出　　版　三聯書店（香港）有限公司
香港北角英皇道四九九號北角工業大廈二十樓
Joint Publishing (Hong Kong) Co., Ltd.
20/F., North Point Industrial Building,
499 King's Road, North Point, Hong Kong

香港發行　香港聯合書刊物流有限公司
香港新界大埔汀麗路三十六號三字樓

印　　刷　中華商務彩色印刷有限公司
香港新界大埔汀麗路三十六號十四字樓

版　　次　二〇一四年七月香港第一版第一次印刷
二〇一六年六月香港第一版第四次印刷

規　　格　特十六開（150mm × 210mm）二五六面

國際書號　ISBN 978-962-04-3625-3